詩集
笑顔の接点

高畠 宏
Takabatake Hiroshi

文芸社

詩　集

笑顔の接点

目　次

笑顔の接点／目次

遠すぎる君　　　　　　7
ショートメール　　　　　　8
音　　　　9
君に会いたい　　　　　　10
君だけが僕の時を刻む　　　　　　11
君の笑顔　　　　12
ひとり　　　　13
ドラえもん　　　　14
夢を見たよ　　　　15
時の経過　　　　19
壊れた破片　　　　21
矛盾　　　　23
迷走　　　　24
温度　　　　25
僕には街が見えない　　　　　　26
空回り　　　　27
混乱　　　　28

文芸社の本をお買い求めいただきありがとうございます。
この愛読者カードは今後の小社出版の企画およびイベント等の資料として役立たせていただきます。

本書についてのご意見、ご感想をお聞かせ下さい。
① 内容について

....

② カバー、タイトル、編集について

....

今後、出版する上でとりあげてほしいテーマを挙げて下さい。

最近読んでおもしろかった本をお聞かせ下さい。

お客様の研究成果やお考えを出版してみたいというお気持ちはありますか。
ある　　　　ない　　　内容・テーマ（　　　　　　　　　　　　　　）

「ある」場合、小社の担当者から出版のご案内が必要ですか。
　　　　　　　　　　　希望する　　　　希望しない

ご協力ありがとうございました。

〈ブックサービスのご案内〉
小社では、書籍の直接販売を料金着払いの宅急便サービスにて承っております。ご購入希望がございましたら下の欄に書名と冊数をお書きの上ご返送下さい。（送料1回380円）

ご注文書名	冊数	ご注文書名	冊数
	冊		冊
	冊		冊

恐縮ですが切手を貼ってお出しください

| 1 | 6 | 0 | - | 0 | 0 | 2 | 2 |

東京都新宿区
新宿1－10－1

(株) 文芸社

ご愛読者カード係行

書　名			
お買上書店名	都道府県　　市区郡		書店
ふりがなお名前		明治大正昭和　年生	歳
ふりがなご住所	□□□-□□□□	性別男・女	
お電話番号	（ブックサービスの際、必要）	ご職業	
お買い求めの動機 1. 書店店頭で見て　2. 小社の目録を見て　3. 人にすすめられて 4. 新聞広告、雑誌記事、書評を見て（新聞、雑誌名　　　　　　　　）			
上の質問に1.と答えられた方の直接的な動機 1.タイトルにひかれた　2.著者　3.目次　4.カバーデザイン　5.帯　6.その他			
ご講読新聞　　　　　　　　　新聞		ご講読雑誌	

存在　　　　　*29*

静かな時間　　　　　*30*

誕生日　　　　*31*

永遠の場所　　　　*32*

笑顔の接点　　　　*33*

ふたり　　　*34*

湿度　　*35*

歪み　　*36*

君の雫　　　*37*

君のいない季節　　　　*38*

そこにいつも君の笑顔があった　　　*39*

僕の笑顔　　　　*40*

君　　　*41*

未完成の橋（あとがきにかえて）　　　*43*

遠すぎる君

子供のような寝顔と笑顔
大人のような静けさと沈黙
高校生のような身なりと仕草
未亡人のような孤独と気品
その瞳は何を夢見てるか　あきらめているか
愛の隙間を与えずに
時に見えるもろさは接触を許さぬ気丈を秘め
孤高の少女となる
見失い　傷つき　彷徨う
生まれたての子供と死を悟った老婆のように
その心の奥は遠すぎる

ショートメール

僅かな文字を待ち続けていた
僅かな文字に心ときめいた
僅かな文字に癒されていた
僅かな文字に君の心を探していた
僅かな文字で僕の心を伝えていた
届かぬ僅かな文字に不安を抱いた
僅かの文字を待ち続けている
君の言葉を待ち続けている

音

救急車のサイレン
階段を上る足音
電気機器のノイズ
闇の中音だけを聞いていた
君の声が聞きたい

君に会いたい

壊れた時計をずっと見ていた
どれくらい時が経過しただろう
君はここにいないという事実に気づいた
歩き出さなければいけない
でもどこに向かって
きれいな虹を見た
何故か心安らいだ
君に会いたい

君だけが僕の時を刻む

雨音だけが響いてる
雨が全てを包み込む
光を吸い込み　時を狂わす
雨が僕を凍らせる
心ふさがれ締め付ける

雨音だけが響いてる
僕は君の鼓動を聞いている
僕は君の体温を感じてる
雨の中　君だけが僕の時を刻む

君の笑顔

木漏れ日のような君の笑顔
柔らかく心地よい
僅かな言葉で互いの心をつないできたけど
君の笑顔の前で言葉は意味を失う
日常と非日常の狭間で行き場を失った心を癒す
形の見えない愛の中でそれでも君を求めてた
雑踏の中、暗闇の中、孤独の中確かなものを探してた
長くて短い時が過ぎていった
子供のようで大人のようで
小さな躰の奥に秘めているもの
肌の向こうにあるもの
沈黙の先に見つめているもの
交差する想い
比重の違う時間
近くて遠いこの場所ですり減る心に探してた
優しい僕の太陽

ひとり

行くあてのない時間
そんな隙間に入り込む寂しさ
持て余した欲望は疲労と一緒に贅肉になる
孤独の自由と寂しさ
切り裂いた傷の切り口のようだ
果てない空のように心は無限のはずなのに
僅かな寂しさが心を狭くする
憂鬱と苛立ちの発生
からまわるだけ
誰のせいでもない
君のせいでもない

ドラえもん

一人ではドラえもんになれないけど
二人でならなれるよね
君を傷つけた分だけ苦しもう
時間だけが答えなのか
消えていく言葉が時を風化させる
確かなものは何もない
どこでもドアでこの心を今すぐ届けたい
髪をなぜていたい
肌に触れていたい
ただそれだけ
言葉は意味を失った

夢を見たよ

　夢を見たよ。
　モノクロームのすごく昔の光景でしかし何かを暗示しているようでもあった。
　電灯もない暗い山道を僕は一人歩いている。景色はすべて黒色でその濃淡によって物を象っている。両側は濃い黒の林がどこまでも続いている。湿った生暖かさと少しの肌寒さを感じ変わることのない景色の中僕は歩き続けている。幼い頃見た絵本を思い出した。一人の少年の家の近くに四つの山があってそれはそれぞれ赤い色、黄色、黒色、オレンジ色をしている。少年はその山に順番に入っていく。赤い山には林檎がたくさん生っており、黄色い山にはバナナがたくさん生っていた。次が黒い山。黒い山には入るなとみんなが言っていた。しかし少年は好奇心から黒い山に入っていく。そこには一つも果実は生ってなく鬱蒼とした濃く暗い闇があるだけだった。出口の見えない闇の中で少年は不安と孤独を抱えただ走り続けた。時の感覚もなくなり涙も汗も意味を失った時一筋の明かりを見つけ少年は黒山から抜け出した。

夢の中の僕は涙も汗も出さず感情すらないみたいにただ歩いていた。淡々と歩き続けていた。林はその濃さを変えず暗く横たわっている。そして映画のカット割りのように場面が変わった。
　そこは海のようだ。全体像が見えなくよく分からないが波があり昔の海賊船のような船体が浮いている。船体は大きく昔の船にしたら豪華だ。そこでは漁師みたいな威勢のいい男達が裸で海の中で祭りのように賑わっている。その中にひときわ大きな筋肉質な男がいる。漁師達の親玉のようで何故かその男の躰はスケルトンだった。薄いブルーの透明色の躰はよく目立ちその一物も躰に比例していた。空はスケルトンとは逆に濃いブルーで何故か澄んでいた。僕はその場面にはいなくしかしその場面を見ていた。
　船体の中に移った。広い空間だが何故か女郎屋の雰囲気が漂い実際に裸の女がたくさんいて熱気を帯びていた。奥の方にステージみたいなものがあり裸の女に混じって君がいた。君だということは分かるが表情は分からない。

君は裸ではなく下着か水着か分からないけれどビキニのようなものを着て踊り子のように踊っていた。僕はテーブルのある椅子に腰掛け君を見ていた。暫くすると僕のテーブルの席にいる別の男の横に君がいた。近くに来ても君の着ているものが下着なのか水着なのか分からない。少しして君は嫌になったようだが男がしつこくしている。僕は立ち上がりそいつをぶん殴ると君を連れて船をでた。するとそこは海ではなく僕が一人歩いていた山道だった。
　景色はさっきよりも全体的に濃く暗くなっており、空と林と地面の境界線が希薄になっている。場面の真ん中に僕と君がいて僕が一人歩いていた道を二人で歩いている。ただ歩いている。一筋の光も見えぬままただ歩き続けている。暗闇の中二人のシルエットが象られてきた時朝がきた。
　僕はひどい孤独感に襲われた。無性に君に会いたい。君が愛してるって聞いた時弱さのために答えられなかったけれど今逆に君に聞きたい気持ちだ。どんどん弱くなってしまいそうだけどどうしようもならない時もある。

君と会う僅かな時に強さを感じ、離れた時に削られていく。弱さを克服できない男に愛してると言えるだろうか。君の髪から足の指までとても愛おしい。
　電灯もない夜の田舎道に車を停め空を見ていた。濃くて暗いブルーの空に灰色を帯びた雲が広がっている。切れ間に一つだけ星が見える。プラネタリウムを見に行ったという君を想像した。笑顔。
　ウインドウを下げ静寂の音を聞いた。冷気越しに見る星は澄んでいてどこか寂しげだ。それは僕の心かもしれない。深く息を吐き目を瞑ると静寂の中に聞いたことのない君の弾くピアノの旋律が聞こえてきた。
　君の夢の中に僕は入れるだろうか……

時の経過

９月も終わりだね
初めて会って１年位経つね
　それから今まで月１ぐらいのペースで会って、年を重ねるほどに時の経つのは早く感じるけれど、だんだんとひと月が長く感じるよ。
　近づく苦しさと離れる苦しさという背反する苦しさの中でそれでも君のことは離れなかった。
　一緒に食事して一緒に映画見て一緒に旅行して一緒にテニスして一緒に夢を見て一緒に眠りたい。
　足りないものは力なのか勇気なのか？
　若さは時に勇気と無謀をはき違え破滅を導く。
　老いは時に力と金をはき違え真実を見失う。
　どちらに動いても時ににになりそうな気がする。弱さなのか。
　一時の優しさは時に悲しみだけを残していく。
　君と永遠を感じたい。
　何が僕に必要かってずっと考えていた。考えているうちに夜が来て朝が来て、君との距離は近づいたり離れたり。

愛があればとよく言うけれど、全てを乗り越える愛とは一体どんな愛なのか。ロミオとジュリエットなのかマザーテレサの様な心なのか初恋の純粋さなのか。経験は人を臆病にさせるのか賢くさせるのか。
　初めて会った日のことを思い出していた。
　無表情の君がいた。無表情の僕がいた。会話の少ない二人がいた。君は年齢のわりに落ち着き払っていた。緑のスリットの入ったドレスを引きずって、僕はきれいだと思った。名前も知らぬまま君の躰だけが刻まれた。
　少しずつ君のことを知り僕の夢の中に君を描くようになる。若さと経験と老いがそれぞれ夢の形を変えていく。
　恋に落ちるとき、それはいつでも初恋の心が残っている。真実だ。
　僕の夢と君の夢が重なり合えばきっと上手くいくさ。
　僕が君を愛し続け君が僕を愛し続ければきっと乗り越えられるさ。
　一番大事なことは愛を確かめ合うこと。
　キスをしよう……

壊れた破片

　低いモノトーンの声の奥に潜む寂しさとも失望とも言えぬ強い意志に覆われた君の声は誰も寄せ付けぬ独りぼっちの強さを感じさせる。堅い沈黙はその威厳を確固たるものにし僕は言葉を発せない。
「来てもどうにもならないじゃない。」
　その言葉は刃物のように突き刺さり、しかし一番優しい言葉のように思えた。
　失われた時を一つ一つ埋めていく間に新たに空洞ができその隙間に入り込む孤独に対応できずにいる。自分を抱えきれずにいる男に愛することができるだろうか。暗闇の中でしか見えない小さな灯火のように心が震えている。
　君の瞳は何を見てるのか。月明かりに照らしたい。月明かりの下抱きしめたい。
　君の代わりはないということに気づいた。
　ガラスのような君の心。その内を見ることはできなかった。その壊れた破片に触れることができなかった。
　眠れぬ夜と眠りたくない夜が続く。君の夢が見たい。

意味なく星を探してた。時間が疲労を生む。疲労が意志を奪う。太陽が日常を生み、日常が君を遠ざける。

　僕は壊れた夢の破片を拾いその先端で日常を引き裂いた。引き裂かれた日常から堅く沈殿した疲労が滝のように溢れてきた。滝に逆らって歩き続けた。握りしめた破片は皮膚を突き破り意志を甦らせる。

　僕の瞳に君がいる……

矛盾

真夜中の峠をスピードだけを信じてバイクを走らせた
眼下に見える街灯りは建設なのか破壊なのか
暗闇を照らすヘッドライトだけが唯一つ真実だ
年を重ねる度色褪せていく毎日
この先に夢はあるのか
走り出した場所に愛はあったのか
燃料をなくしたバイクはやがて暗闇に埋もれていくだろう

迷走

得ることから始めるべきか　失うことから始めるべきか
得るものはあるのか　失うものはあるのか
痛みなのか苦しみなのか悲しみなのか切なさなのか
寂しさなのか迷いなのか分からないまま抱えたまま
長く続く車の向こうに輝く稜線を見ていた

温度

千切れたままの交通安全の黄色い旗が強い風に
はためいている
寒くもなく暖かくもない風はその強さだけを
示しているようだ
音もなく鳥が飛び去っていく
温度を感じない空間は無表情だ
彷徨う心を引き留めようと地面に頬をつけた
触れたアスファルトに熱を奪われ少しの優しさを感じ
まもなく孤独を覚えた
風を感じている
黄昏の向こうに光を見つけた
時が止まり、そして時が流れている

僕には街が見えない

朝が来て夜が来てただそれだけだった
大切なものが遠くに離れていくような気がする
一人の街に太陽の傾きを忘れていた
たった一言が僕を締め付ける
たった一言が君を遠ざける
夜風が窓を叩く
汗が引いていく
僕には街が見えない

空回り

交差点に散らばるガラスの破片
前のめりの僕
急ぎ過ぎてないかい
空回りで何処にも進んでない
道を見失った
ガラスの破片は何処へ行くのだろう

混乱

大雨で排水溝に間に合わない雨水たちが
アスファルトの上を彷徨っている
埃やゴミを吸収し、色を変え量を増し慌てるように
あらゆる方向に流れていく
水の冷たさを感じさせないまま騒々しくそして映像の
一つのように映る
情報が溢れている
誰もがいろんなことを言う
ただ、感じることは子供の頃から変わらない
だから僕は窓を開けたんだ
だから僕は風を呼び込んだんだ

存在

澄んだ秋の空気が僕の躰を浸食していく
少しの肌寒さを感じさせながら太陽は遠くで見つめてる
後ろをついてくる薄い影が自分の存在のような気がした
道路に放り出された空き缶が車のタイヤをよけながら
さまよっている
柔らかい風は無口なまま躰に冷気を植え付ける
パンッ
空き缶はもう転がらない
僕は走り出した

静かな時間

行くあてのない車の中
君はあまり笑わなかった
会話は少なかった
君に会うまでに疲れていた
君も疲れていた
海は風が強かった
君がきれいだと思った
君の何かを知りたいと思った
君は遠かった
そして遠くを見ていた

誕生日

その小さな瞳
その小さな瞳はじっと花びらを見ている
その小さな瞳はエネルギーを秘めている
時々はこちらを見、そして花びらを見ている
君の生まれた日
その小さな瞳は変わらずに
君の願いは変わらずに
そして僕はその小さな君を見ている

永遠の場所

粉雪の中を漂っている
ただ歩いている
震えている　寒さのせいだけでなく
つかむものがなくて怯えていた
「永遠の場所ってあると思う？」何時か君が聞いた
僕は歩き続ける

笑顔の接点

ため息をつく度幸せは逃げていくのよ
透明な笑顔の中で君はつぶやいた
何処からか流れてくる煙草の粒子
コーヒーの匂い
音のない雨が窓に細かい線を描いてる
ガラスに映る君の微笑み
君の笑顔との接点を見つけられず僕はまたため息をついた

ふたり

ワカラナイと繰り返す君
呪いのように
祈りのように
夜風がアルコールを抜いていく
腕を組んだり離れたり
二人の自由と不自由を感じながら
白くなった地面に二人の足跡が刻まれる

湿度

湿った空気の中初めて君の険しい表情を見た
とまどった
今日の君の声は湿った空気よりも重く沈殿していく
定期的に揺れる霧雨に湿っていく君の髪が何かを
固辞しているようだ
会話が途切れていく
湿った空気の匂い
笑顔を見失った君
言葉を見失った僕
接点を見失った二人
君の髪が濡れていく
湿度だけが増していく

歪み

締め切らなかった蛇口の水滴が水たまりをつくっている
ポタッポタッポタッ
日常を終えた部屋に響き出す
遠くに感じる君
小さな歪みが大きな水たまりをつくっていく

君の雫

僕のTシャツが濡れている
言葉にならない君の涙があふれている
闇の中、街灯の灯りが涙を照らしてる
その灯りに僕はとまどっている
涙の源が何処にあるのか僕には分からない
その雫の行くあてを僕は見届けられなかった
それは若さのせい
それとも愛の脆さ
ただ、今でもTシャツの冷たさを僕は忘れない

君のいない季節

海面を反射する光が僕の目に突き刺さる
若者のはしゃぎ声が僕の耳に響く
夏の日差しに暑さを感じない
汗をかかない夏

ゲレンデを反射する光が僕の目に突き刺さる
リフトのスピーカーから流れる音楽が僕の耳に響く
肌で解ける雪に冷たさを感じない
凍えない冬

君のいない季節

そこにいつも君の笑顔があった

夢を追い続けているとき
そこにいつも君の笑顔があった。
走り続けているとき
そこにいつも君の笑顔があった。
立ち止まったとき
そこにいつでも君の笑顔があった。
勇気を与えてくれた。
希望を与えてくれた。
弱さを教えてくれた。
強さを教えてくれた。
俺は上手く笑えているかい？

僕の笑顔

おかしくないかい僕の笑顔
君のように笑ってみたけれど頬が引きつっている
いつもしかめっ面
笑顔になるまでいつも君より0.5秒は遅くなる
何時か君にも与えたい
僕がもらった君の笑顔のように

君

小さな力　それでも強く
美しさをそなえ　振り向かず
ロウソクの炎のよう　漂う笹舟のよう
輝く星のよう　聖なるマリアのよう
辿り着けない愛のよう　愛を越えた思いのよう
激しさを秘めて　静けさに包まれている。

未完成の橋（あとがきにかえて）

未完成の橋
繋がるものがない
辿り着く場所がない
想像だけがすべて
虚しさの中に立ち止まる
人の笑顔に上手く調和できず
重くなった体を引きずっている
繋がらない意味は分かっている
辿り着けない理由も分かっている
歯痒さを抱え橋の上立ちつくす
遠くに見つけた太陽の光
この橋から新しい僕の道が繋がれば
きっと君の笑顔に辿り着けるだろう

2001.11.24
高畠　宏

著者プロフィール

高畠 宏（たかばたけ ひろし）
1967年（昭和42）11月24日
北海道美唄市生まれ
現在　高畠保険事務所代表

詩集　笑顔の接点

2002年3月15日　初版第1刷発行

著　者　高畠 宏
発行者　瓜谷 綱延
発行所　株式会社 文芸社
　　　　〒160-0022　東京都新宿区新宿1-10-1
　　　　　　　　電話　03-5369-3060（代表）
　　　　　　　　振替　00190-8-728265
印刷所　図書印刷株式会社

ⓒHiroshi Takabatake 2002 Printed in Japan
乱丁・落丁本はお取り替えいたします。
ISBN4-8355-3438-7 C0092